JN022324

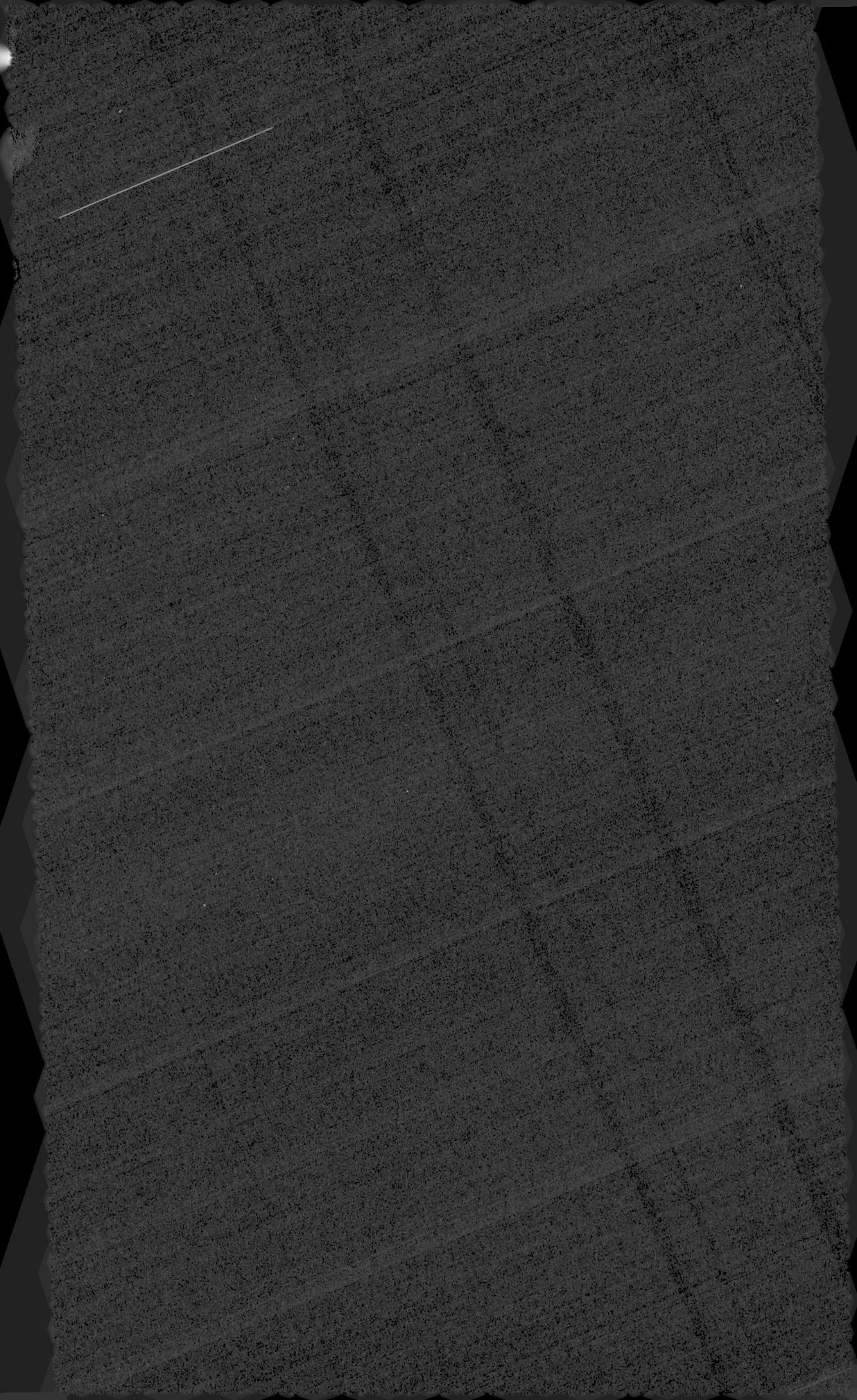

koro

hiro sakakibara

榊原紘

書肆侃侃房

koro

もくじ

II

III

装幀　佐野裕哉

夢寐奇譚

指だけを繋ぎ隣で泥舟を見送っていた　星燃える夜

何を贄に何ゆえ贄に捧げつつ歩むか雪のさんざめくなか

切り花を支える水の厚さ　もうこれきりと知り硬貨を払う

できたばかりの傷に沿うよう巻いてみる揃いの青のアンクレットを

鋳型から心臓を抜きさびしげに熱砂の中でごめんと言えり

眼の奥に錆びた秤が一つあり泣けばわずかに揺れる音する

銀製のカトラリーみな押しのける夢の王家を砕かんがため

糸底に溜まった水をシンクへとこぼして朝の洗礼とする

黙りこくることも返事で茉莉花が廃都の塔に咲き上るさま

霙ふる午後に始まる後日譚、指栞から栞に変えて

銀漢に表裏があれば手触りは違うのだろう　指輪を外す

百合のように俯き帽子脱ぐときに胸に迫りぬ破約の歴史

夢中夢の輪より脱して常冬の国の鏡が割れる思いよ

異床異夢　それでも足を春泥にとられて心から笑いあう

I

TAKEOUT ONLY

おぞましいほどの光で目が覚めるここで生きてくたったの僕は

約束がつぎつぎ反故になる日々にごみ収集車のゆるいブレーキ

木洩れ陽がエンドロールを早送りしたかのようにシャツに過ぎてく

TAKEOUT ONLYの文字あざやかに路上で買って持ち帰るピザ

指先でパスタソースを絞るまだ開いていない画廊を思う

つまんないとはっきり言ってくれたよねフライ返しで食べるオムレツ

ペガサスはいつ飛び方を覚えるか　貯金をしようとは思ってる

選ぶのがいやだったという花束をまぶしい塩湖に浮かべていたい

かつて栄えていた都市

遠吠えをきいていただけはるばると狼煙のなかにいる狼の

あずさゆみ春の初陣果てたのち紋章官のさびしい背中

明晰夢は呼び合うという。銀(しろがね)の塔の根元で待ち合わせする

燃え終えた草のなだりでまぼろしの肩をたしかに抱き寄せていた

待っていたわけじゃなくてもきみのためだと言いたくて　ほら、鐘が鳴る

にわたずみ跨いでいけば層のない声で呼び止められてしまった

青い火をつけてまわるよ古びてもきみを苛む記憶の端に

ロングドレスをそうするように魂をたくしあげつつ死までを行こう

いつか翡翠のような月下に言うだろう何度も跪きたかったと

敗者復活戦

八朔とむき甘栗を皿に出し誰かの妄想みたいな朝を

軽すぎるリュックじゃ走りづらいこと忘れて過ぎるすずらん通り

標識にきみが指かけ回るときそれをこの世の軸と思った

Skypeのむこうに姉が弾き語るギターのまだ下手なロビンソン

あたしは、とあなたが言った「あ」の音の明るさに顔上げたくなった

左官屋のトラック停まる玄関に醒めるほど花水木の白は

地震かもしれないけれどたぶん風　夢のあわいに確信したい

封筒はわずか波打ち一昨日の雨のあいだに来たとわかった

さめざめと逃げも隠れもしたのちのきみの命を見せびらかして

長持ちの桜吹雪に打たれつつ敗者復活戦といこうか

天窓

あまざらしの自転車を借り坂道の途中の八百屋までを立ち漕ぐ

新月よ　でもへべれけな足取りで愛の標(しるべ)にさからっている

ゆるせないって口に出せたらすこしだけ瞳の奥の天窓が開く

しなかったことも思い出　猫空（マオコン）のロープウェイは夕映えのなか

色褪せた幟のそば屋きみはまた正義の味方くらいの遅刻

送られて初めて知った廃屋の絵文字に笑い「いいよ」と返す

ぐちゃぐちゃにミルクパズルを崩すほどきみの退路を断ってあげたい

抗おう　季節外れの雪の日もこの世の隅で靴をそろえて

草の絮(わた)あかるく滑るテーブルの木目の上を助走のように

飴玉のようにもらった球根を三輪素麺の木箱に埋める

水際

鐘が鳴る街の動画に遠くから何度もきみに呼ばれる名前

もうあがる雨とわかっていたけれど祝詞のように傘を差し出す

掻きあげるほどの長さでない髪にくちづけるとき秋は立ち去る

知っていた　名指せば奪うことになる海岸線のわずかな傾斜

いつかその生首を抱くようにしてきみを庇っていた夜だった

神籬(ひもろぎ)のようにも見える仕舞わずに積まれたままの衣服の丘は
海境(うなさか)をさすように指伸ばしつつしずかに羽織られるリネンシャツ

どうだったと聞けばまじめに冬の日の南天の実のかたさを喋る

きみの名になるかもしれなかった名がいまも浮かんでいる海がある

カンヴァスに消失点を決めるとき製氷皿のようにしずかだ

枯れた花折って袋に入れていく袋のうちがわずかに曇る

心中をしなかったのは偶然で、バターは必要なときにない

肉体はいつもすこしはおそろしいけれど同じ茶を飲んで満たした

雷が海の上にも落ちるのを見たことがなく、隣で見たい

すこし背の高い躑躅の木があって信仰心はいまだに遠い

うちなびく春の記憶に今もまだ佇んでいる三月書房

どうしたら？　大きい川があるだけでそれが淀んでいてかまわない

徒渡(かちわた)るため裾まくるその指がいつか棺を支えるとして

ほの白いひとの腕(かいな)を目印に夜に浮かんだ飛び石をゆく

果報は奪う

本を捲るほどにかさつく指先できみの悪夢を信じていない

順光のなか日々痩せる樹が見える昼のあいだは開けられる窓

逆風のなかでそんなに葩（はなびら）にまみれてきたの　目を閉じないで

踊るように季節が過ぎるパンドラの匣にひとつも残さず出よう

きみからの手紙を遺書のように読む　飛行機がゆく　けど　どこまで

忘れないようにしたくて（でも何を？）臓器のように花を毟った

いつになく素直にきみが笑うからそっと引き取る空のグラスも

冬銀河　胸からバッジ外しつつ信じていると言いたくて言う

クラバットの襞が西陽に刻まれて、果報は奪うことにしている

落ちてからさらに重たくなる椿　ぼくを潰せるのはきみだけで

歳月がひとに眼鏡を掛けさせてその外し方をぼくは覚える

Le paradis

八月のあかるい朝のすずしさは青い蜥蜴のように逃げゆく

掌のうちに万国旗など忍ばせていたのにそんなふうに笑って

幻獣の角に死にたい　そのようにあなたの二十代を見ていた

変声期のように遠いよ青鷺もあなたと茱萸（ぐみ）を食べた記憶も

サンダルのかたちに焼けた足の甲ここで救われたくはなかった

胸底に築かれてゆく漣痕を撫でないでいて　夜はこれから

畏れたい　浅い水辺を歩むとき指のあいだを侵す泥ほど

この人にもあると思った洞（うろ）に挿しいれてそのまま帰らぬ手首

灯さねばならないならばあなたが通る搭乗口のあかりを

楽園を背にしあなたが他ならぬあなたを守ってくれた　ありがとう

祈らないことを決めたらはるばると見渡せる雪原もあるから

今日のためなにができたか蹄鉄が通りのドアにばらばらひかる

イカロスを幾度も墜とした手で作るオランジェットを舌にのせれば

観たことない映画のように繰り返す海のむこうのテンパリングを

目の敵

淀みなく目の敵にもしてほしいレンズについた指紋を拭う

不燃ごみの日に並んでる不燃ごみ　心が動くまで待てないよ

理想論重ねてもっと先にある菜の花畑の土が踏めたら

銀翼に匿われていただけだったふるい肌(はだえ)をここで脱がねば

惜しみない鎖骨の下の草原にあなたが埋めた種じゃないのか

橋梁の上に晒せば頼もしい掟など一つも知らぬ身よ

君の着せられた汚名が欲しいことついぞ言わずに川を渡った

もう会えぬ人も生きては桜蘂(さくらしべ)に降られているよこの世の辻で

ゴールドマン視野計のぞき、一度だけ広野で星を待っていたこと

しばらくは風吹く場所で本を読もうそうしてやっと君を詰(なじ)るよ

薔薇は蕾を糧にうまれる（もういいよ）それじゃあ、本当におやすみ

シーグラス掘り出すようなまぶしさで僕が探しているのは墓だ

Ⅱ

Geschichte

菩提樹の名を持つ路の夕暮れて靴は踊りに底を喪う

ゲーテ『ファウスト』第一部〈曇れる日〉

白濁のゼリーの中に桃遠く Willst fliegen und bist vorm Schwindel nicht sicher?（飛んでみたいが眩暈は怖い）

分かりたい　青く佇むその喉も声に掻きくずされていたって

氷雨降るなかで一際重くなる門を手と手を重ねて押せば

一生、と僕はあなたに言うけれどまだ見たことのない月の皺

このままでいられぬことの明るさのなかで玉座を毀してくれた

鬣を琴のようにも触りつつ少女が救う少女の話

連なったコットンパールが曇る日もあなたの声の銃座はあなた

海に向く部屋に系図はねむる　生き延びるかぎりは不埒に笑う

〈物語〉と〈歴史〉はドイツ語で同じ言葉

魂を言葉が舂くにしても鳶色のペン離さぬように

大逆転

始まるよ　君が私の脚絆（ゲートル）を外せばお呼びじゃない祝祭が

分かるように言ってと泣かれそれからはやまない山彦のようだった

手放してやれなかったのは僕のほう　踵で壊す薄氷(うすらい)の朝

生者より親しい死者に見せつけるように舌下へ置く琥珀糖

君こそが無血革命。陽がさして指紋だらけの窓もかがやく

余沢の先

絶望をあなたがくれたうれしさに雪降る中央線のホームよ

海へ行く電車は海のしずけさで溺れに行くと言うばかといる

何度でも立ち尽くしたいありとある花を欲する花瓶のように

情けない本音で彩られていく自分にもっと期待したくて

宝物も恥にまみれてしまうけど余沢の先を透けていくから

ハーケン

雪嶺にきみがたしかに打ち込んだハーケンだった　陽が射してくる

冠を幾度戴き信頼は研いだ刃のように喉(のみど)へ

天才　と云うとき生まれる崖がありその双眸を一度見ただけ

習慣に魂こそが磨かれる百鬼夜行はまだ終わらない

うつくしい棺のような額縁に飾る思い出などないのだと

対価

葉脈のような雨降る　生きてさえいればやり直せないと分かる

海底に沈むさまだけ見たいから君が払っている対価ごと

ポスターの赤字は褪せてさみだれて死者を見つめずにはいられない

垂れてきた鼻血を舌で受けてみて帰れる故郷はなくてもいいの

樫の樹にぶつかる風の跳弾に目を瞑るだけではつまらない

口という虚(うろ)を荊に差し出して百年(ももとせ)残る墓とならんか

気が済むよ　雑に前髪上げられて汐風に眼を撫でられていて

Unfortunetly YES　舳（へさき）はかがやいてはるかにシャツを着直す気配

白と黒

何度も観た映画なのになな女の子が男の子の肩抱くときに泣く

Jelly Beans みたいな街の速報に見慣れたランブレッタの映る

おんぼろのカメラで撮って。運河には幾つもの橋、その分の影

遊園地のネオンがしみる　どうしてもあなたにここにいてほしいのに

死者は死者を悼めぬことを思いつつ冷凍された野菜を湯がく

口笛は機嫌に関係なく吹いて監視カメラに視線を返す

けんかを買いにピザ屋のバイクかっとばすミラーの角度あやういバイク

花首が揃って折れることをもし知っていたなら　名前で呼んで

あるト書き

流されてきたかのようだ鍵束も傘も（俺すら？）あいつの部屋に

まなうらに鯨がよぎる　何度でも言葉に貌は剝がされてゆく

ただ一人スポットライトに貫かれその眼に俺は俺を見ていた

夏暁(なつあけ)に立つ、笑うしかない男。絶望は人を釘付けにする。

泣き顔を見せて　ここからどこへでも行けるのだろう身を寄せてみる

板の上あらゆる生をなぞりつつ互いの肝も喰い合うまでと

花束

少しだけ濡れたスケート靴の刃よペンライトの波また呼び起こす

短剣の持ち手に月の刻印が　見上げては泣くこともうない

ぬばたまの西瓜の種を飛ばしては笑った日々も写真に残る

花束のリボンをきつく締め直し、運がいいのはお互い様さ

憧れは鏡のようで割れたあとよけいに光る　連れて行くから

王（インカ）

掌をずらし合わせてみればしんしんと胸に陽あたる石積がある

その土地の神の名前を聞き返す二度目はゆっくりと彫るように

風に船　殺(と)るため神の名を提げていつの世も来る征服者(Conquistador)

葦舟に、躰に借りている水のちから　一年の在位を思う

太陽を繋ぐ杭ある巓に秋には秋風の吹きすさぶ

強いられた黙は汚泥のようにあり尊厳こそが故郷であった

甃（しきいし）の上に並ぶは死者の列　王の輿（インカ）を担ぐ肩はも

立ち尽くすときまなうらの湖も凪いでいるのか　結縄（キープ）に触れつ

低温注意報

再会は遠くともありうるだろう白銀色（しろがねいろ）の帆を張りゆかな

台所に一朶の柚柑（ゆこう）　繰り上げた週の予定を（海が見たくて）

霙ふる　ずっと心に留めている地図があるなら破ってみせて

置き去りのメダルを獲りに出かけよう冬芽が雨を受け入れてから

または都市。たゆたったまま透ける星、プラセボ、霜夜、ラーゲルレーヴ

何もかも君にしゃべっていないけど窓辺に見つめてる六花(むつのはな)

その店に近づくほどに思い出す滷肉飯(ルーローハン)の味玉の味

囮（デコイ）

王冠はめくらましかも（でもいいの）灯台までをうかれて行こう

苦しげな零墨たちを出し抜いて眼(まなこ)の裏に鞣(なめ)してくれる

ふまじめな寮歌　風ふく軒先でホットサンドを式神と食む

発話たちが薔薇のかたちでいるように傷の深さに念じてみてよ

お気に入りのめっぽう弱い囮（デコイ）には富む術をやる歌ってもやる

まざまざしい建前ならば愛そうか。聡明なまま暴徒と化して

冥土へと中双糖（ざらめ）を落とせ　誠意から別家したギア救い出すんだ

木偶も麒麟も

起(た)つことも傅(かしず)くことも知ったから街に眼差す竜胆の花

符牒のバトンの番だよ（泣かないで）関わりたくて雷のなか来た

火口を手に享けてとっくに気づいてる切なるものは余波を持つこと
暴を以て暴に易う

寒茜　こころにゆびにうとましい傷あろうとも念彼観音力刀尋段段壊（ねんぴかんのんりきとうじんだんだんね）

銃架から叛旗を示せおめおめと木偶も麒麟も冬天を指せ

雪原を征（い）く

鈍感も一つの才で角砂糖三つ落とせど澄むダージリン

手を延べてくれたらきっと　古日記捨てて出ていく部屋の白さよ

煙草の火貸すのもこれで最後かなどんな挽歌も似合わない人

頭蓋のかたち確かめながら髪洗うときに黄泉とは寄れる場所だと

忘れるよジンベイザメの蒼色の影も奢った初夏のコーラも

氷面鏡（ひもかがみ）　そうだ命をそばだてて此処まで奪（と）りに来てみたらいい

捨て台詞をくれよそれだけ胸に布（し）き百年先も笑えるような

手始めに一人称を箝げかえておまえのいない雪原を征く

「お疲れ」も言えないくらい疲れたら回鍋肉を分け合って食う

身に余る贅などこの世にはなくて野いばらの実こぼれてやまぬ

柚子風呂の柚子を集めてまた放つ憎むと決めて憎み果せよ

遠近(おちこち)の叫びに満ちた夜でさえ獣の耳を撫でて越えねば

共犯の宣告　いつかこの船が朽ちるとしても今は錨を

コーヒーのぬるさを喉に流し込む奈落もここよりは浅いから

不凍港

聖典の布の表紙をなぞりつつ脳で感ずる早き夕冷え

天幕に身を寄せ合って話す夜飛竜は冬を越しに南へ

凍星の光よ　夜毎夢に獅子来たりて喰い破るわが喉（のみど）

遺作展で知る東方の画家の名をもう暮れかかる裏道に告ぐ

花の香の茶葉を土産に　ありとある昔話にある美しさ

人ならざるものの首のせ湖(うみ)近き卓に白磁の皿を置きたり

ぼろぼろと臓物(もつ)煮て思うこの国に雪にまつわる語の多きこと

買って出る　胸底（むなと）に千の金貨積みかしずくことを覚えたからに

額縁を焼（く）べてきたかのような貌ゆっくり上げてただいまと言う

窓一面にあかあかと雲燃えておりあなたの重き外套を享く

繊(ほそ)き指に朱の元結をあそばせて話す今年の猟期の長さ

みずからを手段と決めて深更に石工のように心を砥いだ

雪解風　ひるむあなたの手をとってそれがとどめになるということ

前(さき)の世に喪いしその右の眼に鈍くあかるき不凍港あり

春遅き谷に風吹く短剣で届くのはその胸のどこまで

人は皆忘れずにいる死者たちの墓守　残雪を踏みゆかな

白き花中庭(パティオ)に殖(ふ)えてゆく日々に辺境伯より手紙の届く

角笛の音はふかぶかと夜に刺さり、王より永く生(い)く王の盾

Ⅲ

絶縁

使うたびコンロを拭いて見てもいい夢など消えるように願った

生きているだけで埃はたまるなぁ　怒りで富めるならもう富豪

雪の日に雪より青くひかるのがシーランド公国の爵位よ

キャベツって今はこんなに高いのか（絶縁は善悪の外側）

王冠は足蹴にされてきたけれどあなたにはない　ただの一つも

鳩行為　電車の中で身を畳みそれでも花束を守った

液晶がいちばん先にだめになる……おまえいつまで数字の奴隷

生活は続く香水が涸れて薔薇の品種を聞きそびれても

加湿器に呼ばれて水を足す夜も言葉に野営していられない

グッド・モーニング

晴れたよってて鼻をすすってメールする間もシークバー動いてる

美しいものはいつでも度が過ぎてあなたが灯す早押しボタン

目をこぼすように泣くのを見て思い出したのシュトルーヴェの測地弧も

真鍮の指輪を不揃いで買って別れるならば笑い別れよ

モーニングの梨ジャム分けてくれてからまだ見ぬ単位すらあたたかい

言いたいことがないならないで滑り台のおしまいで抱きとめてあげよう

思うより眩しい庭の遠くから誰かが吹いている、ハーモニカ？

死ぬまでのすべての春

二〇二〇年

栞紐（スピン）のない詩集を置けば机へと貼りつく影よ　さびしくはない

棄てられたネオンサインのように在る脳（なずき）の奥の〈知足〉の二文字

春先の窓蒼ざめる教会に貼られるミサの延期の知らせ

言いたいの　海に傷痕あることもそこから人が生まれたことも

話し足りない、いや燃やし足りなくて吸われるように夜道を歩む

音を立て白木蓮が散ってゆく郵便受けを何度も覗く

未来とは残りのことで夢のなかプレパラートで怪我をしていた

クッキーの函に童話の一場面　見たいことだけ見ているといい

真実は小説よりも奇だろうか　土産は晴れの日に選ぶから

二〇一九年

週末に終わる桜だ君とならけんかできると今は思えた

真鍮の鍵を利き手に歩みゆく手記に書かれた街の門まで

ブロッケンにまだ雪残る　この霧がいつかは走馬灯を伴う

桃色のＳＬ切符を曇天に翳す今宵はヴァルプルギス・ナハト

何もかも覚えていよう眦（まなじり）に厓（がけ）のあること、ゴスラーの風

水車小屋の民話を思い出すあいだ等しく老いてゆける気がした

水は光を砕いては落ち、黄表紙のレクラム文庫を鞄にしまう

住まなかった部屋に転がる鈍色の独り言にも出会えるだろう

二〇二二年

心に水閘（すいこう）があることを知ってる？　画集の傍らで寝たい

こわいめにあった記憶が砂のようもらったシュトレン切り分けていく

玻璃はいましんじつ寒い光へとその身を晒す　待ち人来たる

雪炎に似ている頭痛　滴ってゆきたい季節の変わり目なども

雪焼けの首をかしげて笑む人よこの世の転訛をすべて教えて

死ぬまでのすべての春に思い出す二年も延期した受難劇

人とまた出し合いたいなひるひなかおもちゃみたいなユーロ紙幣を

君の血は君のからだに容れられてその漣（さざなみ）を聞いたのだった

ブックエンドずらして本を差し込めば胸底にかがやく数秘術（ゲマトリア）

まだ見たいものがあるからしばらくは傘を振っては雫を落とす

九時までに行けば一〇〇円安くなるコーヒー　加担について話した

騎士団の居城が今もたましいの止水域から動きはしない

はつはるの泉に（君の葬列に加わるだろう）脚をひたして

また青いトランク引いてトラムからトラムへ風を連れて乗り継ぐ

悪い影響

いきのびたおつりがぜんぶぜんぶきたようなきがした　半券を手に

ボトルシップの底に小さな海がある　語彙がないから恋になるだけ

もう一度聞いたら消すと誓いつつ一言だけの留守電を聞く

海に来て海を見なくて遠さとは近さの後に覚えるものよ

大事にね。季節にきみを進ませる一度は折った膝なのだから

名前などあとで勝手につけてくれ　東風(こち)にピアスがちらとひかって

甘んじて受けているだけ木洩れ陽を抜ける人から、悪い影響

珪藻土マットに立てば心音が遠のくここち春のはじめに

くらぐらと言葉を摑む筆記体の文字の連なりが波のよう

手の厚みへと歳月は沈むから記憶に触れるようにあなたに

みずうみ

五月雨に迷路のような薔薇ひらき、往復書簡をたしか止めてる

持ち帰っていいマッチ箱　重なった氷がずれて鳴る氷水

カーナビに相槌をうち本当の話題に声を返しそびれる

ありふれたままでどこまでいけるかな　他人の家の庭がきれいで

助手席に心得がないひとを乗せいくつも通り過ぎてく蕎麦屋

笑いつつ話を流せばほんとうに笑える話になって笑った

寝ていてもいいと言うときやさしさに似た感情の存在を知る

人工の湖だとは知らず来て日のあるうちに日時計を見る

坂をゆく生成りのシャツがふくらめば月のむこうの記号のようだ

めずらしい名字を一度聞き返すように遠くの好意の話

寝入り端(ばな)きっと聞いたよきみの言うアルゲンタヴィスの翼幅のこと

きみの家にきみを帰してレンタカーをレンタカー屋に返して　夏は

FLOW

似た色のジャケットで来た人の前でジャケットを脱ぐ小突かれながら

そうだっけ、と返したときに思い出す　ホールケーキを今年も買わず

右巻きのつむじに鼻をあてて吸うきれいなだけの詩なら捨てなよ

音源を黙って二回聴くたぶん君ならきめてくるこのフロウ

たまにくる「はい」って相槌のことを返り咲きとは思わないけど

悪態を真似てくるから手が出そう水槽にミクロソリウムの影

聞きたいな、おもに皮肉を。ＨＡＲＩＢＯの色で流れるスーパーチャット

前髪を払って君と目を合わす思い出よりもいいもんだから

真夜中にふざけたリリックの連打そうだな前哨戦だそれすら

トラックのはじめに戻す　dopeness　重低音のなか息をする

謀反

どの棘も過去を留めおく簪(かんざし)で、冬薔薇枯れぬうちに行こうか

ただで済むと思う人にも春が来て駿馬の休む野を拓くのみ

春の牙はすこし冷たい　恐ろしい記憶の端を喰ってもらうも

見えたはず花の蠢く庭園で私は頭を振ったのだから

夜の首の白鳥に似て長いことその首持って人は告げたり

「幽霊の話みたいに聞かないで」カップに注ぎ切るベリーティー

猫が水を嚥（の）むと銀河の昏さだけほそく漏れ出る心地　している

野火の端をブランケットとしてわれはこの苦しみを守り抜かんと

新墓でいるのに飽きて月型の髪留め外し暗路を歩む

目を閉ざす人の睫毛が蛇となりその貌を呑むまでを見ていた

花豆のケーキにフォークあてがって生きるとは抗うこと　私たち

あなたからすれば謀反の旗として立とうか雷の近き荒野に

アンバー

中指で海馬にふれてくれないかソファーカバーが肌に合わない

めざましく君の気持ちを無碍にするほどに輝く宝石だから

ヘアバームのくらいにおいだ泣くのなら最初の一粒から見ていたい

この部屋のぜんぶに歯形つけていけ図鑑に喉にバターナイフに

胸ぐらを摑まれて立つ　予報など見なかったけど雨が降ってる

親しさは切り花が水を吸うように枕をときに蹴とばすように

Classic

ヴェネツィアン・グラスの店を見て過ぎて久しく吐いていないと気づく

シュガーポットのシュガーしらしら　あげたいな　心当たりの当たりの部分

心臓にあるジッパーを最後まで上げて凭れる夕さりの背(せな)

月齢も記した暦が壁にありけもののようにそれを信じた

夜までにあなたに折れてもらおうと手にとる青のコントローラー

レコードに針落とすとき生き返る時代を選ぶような目つきだ

切れた口に親指掛けて見ていたら牙が湿ってきて　「大丈夫（あいのうう）」

苦笑いの苦さをおれに舐めさせて　室温に近づく炭酸水

歩むたび彼岸花咲くこの径（みち）であなたにだけは何度でも会う

悪いとは思わないからひさかたの信心だけで直す壁画も

まっしろな指で季節を剝がすときの音を隣で聞いてください

ほんものの時間だ　スープを啜るほどスープ皿へと戻る花々

バックパック担いだままで中から地図を探してもらう　雪かな

いつか来るいまわの際は秋だからあなたの喉笛を鳴らしたい

寝た人の息がこの世を深くするそこまで落ちるため眼を閉じる

あとがき

この歌集は、一首を除き第一歌集『悪友』以降の短歌を三三〇首収録しました。

第I部では、二〇二一年に制作した私家版歌集『セーブデータ』を一部改変して収めています。

連作「王（インカ）」「みずうみ」「死ぬまでのすべての春」「アンバー」は書き下ろしです。

koroとは、エスペラントで「心臓」を意味する言葉で、正しい発音は「コーロ」ですが、「コロ」でも犬の名前のようで良いと思います。

私は、この世に善を為すために短歌を作っていることを疑ったことはありません。それは、見るに耐えない歌を作っていた十一年前から同じです。この世のために、というかさらにいえば「あなた」がいるこの世のために、なのですが、この歌集を通して初めて、自分のためにも歌を作れるようになりました。

私を生き延びさせたすべての物語と友愛に感謝を込めて。

どうかお元気で。

二〇二三年七月

榊原紘

著者略歴

榊原紘（さかきばら・ひろ）

1992年愛知県生まれ、奈良県在住。第2回笹井宏之賞大賞受賞、第31回歌壇賞次席。

2020年、第一歌集『悪友』刊行。短詩集団「砕氷船」の一員。

歌集 koro（コーロ）

2023年8月31日　第1刷発行

著者　榊原紘
発行者　池田雪
発行所　株式会社 書肆侃侃房（しょしかんかんぼう）
〒810-0041
福岡市中央区大名 2-8-18-501
TEL：092-735-2802
FAX：092-735-2792
http://www.kankanbou.com
info@kankanbou.com

編集　藤枝大
DTP　黒木留実
印刷・製本　シナノ書籍印刷株式会社

ISBN978-4-86385-588-5　C0092